VENTE DES 9 & 10 AVRIL 1866

Collection de M. B.....i.

TABLEAUX MODERNES

ARMES ORIENTALES ANCIENNES

RICHES TAPIS TURCS & PERSANS

LIVRES MODERNES RICHEMENT RELIÉS

Mobilier Artistique.

EXPOSITION PUBLIQUE
LE DIMANCHE 8 AVRIL 1866
Salle n° 5

Mᵉ CHARLES OUDART	M. ÉMILE BARRE
COMMISSAIRE-PRISEUR	EXPERT
Cité d'Antin, 8.	Cité d'Antin, 7.

RENOU & MAULDE

IMPRIMEURS DE LA COMPAGNIE DES COMMISSAIRES-PRISEURS

Rue de Rivoli, 144.

CATALOGUE

DE

TABLEAUX MODERNES

PAR

BLAISE-DESGOFFE, A. ACHENBACH, BRILLOUIN, DE CURZON,
DAUBIGNY, DIAZ, HEILBUTH, CH. JACQUE, E. ISABEY, LOTTIER,
LAURENS, MAISIAT, STRANISKY, DE TOURNEMINE

ARMES ORIENTALES ANCIENNES

Poignards et Sabres turcs et persans, Lames de Damas, damasquinées
d'or, avec riches fourreaux en vermeil;

ESPINGOLE & RICHES FUSILS EN ARGENT DORÉ & ORNÉ DE PIERRES FINES

OBJETS D'ART & DE CURIOSITÉ

PENDULE ANCIENNE EN ÉCAILLE, STATUETTES EN MARBRE ET ALBATRE, OBJETS ORIENTAUX

TAPIS D'ORIENT

Superbes Tapis anciens, brodés d'or et d'argent, provenant du Harem Impérial;
Étoffe vénitienne du XVIᵉ siècle, brodée d'or et de soie: Drap d'or de Perse;
Riche Divan turc, recouvert en mosaïque d'étoffe; Coussins en cachemire des Indes;
Soie et Drap brodés d'or et d'argent;

LIVRES

Environ 400 beaux volumes d'Ouvrages modernes, parmi lesquels une quantité
de Livres grecs, italiens et anglais;
Riches éditions de Curmer et autres; très-belles reliures;

MOBILIER ARTISTIQUE

Lit Louis XVI, à colonnes et baldaquin et quatre petites Chaises Louis XVI, à lyre, en
bois doré; Meubles d'entre-deux, Secrétaire, Table de milieu de salon, petit Guéridon
rond, Tables de nuit et à ouvrage, style Louis XVI, en marqueterie de bois à fleurs,
avec riches ornements de bronze; Meuble de salon, Chaise longue, Rideaux en damas
de soie violette; Bibliothèque en chêne; Tapis d'Aubusson; etc., etc.;

DONT LA VENTE AUX ENCHÈRES PUBLIQUES AURA LIEU

Par suite du Départ de M. B.....i

HOTEL DROUT, SALLE Nº 5

LES LUNDI 9 & MARDI 10 AVRIL 1866

Par le ministère de Mᵉ **CHARLES OUDART**, Commissaire-Priseur,
Cité d'Antin, 8,
Assisté de M. **ÉMILE BARRE**, Expert, cité d'Antin, 7,
Chez lesquels se distribue le présent Catalogue.

EXPOSITION PUBLIQUE, le Dimanche 8 Avril 1866.

PARIS — 1866

CONDITIONS DE LA VENTE

———

Elle sera faite au comptant.

Les Acquéreurs paieront, en sus des adjudications, CINQ CENTIMES PAR FRANC applicables aux frais.

———

ORDRE DES VACATIONS

———

Le Lundi 9. — Les Objets d'Art et de Curiosité, Armes et Tapis;

Le Mardi 10. — Les Livres, les Tableaux, les Meubles.

DÉSIGNATION

MOBILIER

Salle à Manger.

Banquette en chêne.

Très-belle Bibliothèque à trois corps, en chêne blanc.

Table carrée à pieds tors, en chêne.

Quatre Chaises en chêne sculpté, recouvertes de cuir vert.

Un Écran, deux Porte-armes et un Porte-canne.

Salon.

Deux Meubles d'entre-deux, style Louis XVI, en marqueterie de bois à fleurs, avec riches ornements en bronze doré, très-fins de ciselure.

Une élégante Table de milieu de salon, de même style, très-fine de forme.

Riche Secrétaire de milieu de salon.

Petit Guéridon rond en bois satiné, avec marqueterie d'oiseaux et fruits, style Louis XVI.

Un Canapé, deux Bergères, quatre Fauteuils crapauds, Tablette de cheminée, Coffre à bois, le tout recouvert en damas de soie violette.

Quatre Rideaux et dix portières en soie violette semblable au meuble.

Tapis d'Aubusson.

Patères en bronze doré, style Louis XVI.

Chambre à coucher.

Lit très-élégant, style Louis XVI, à colonnes et baldaquin, en bois doré et finement sculpté, garni en damas de soie violette.

Quatre petites Chaises Louis XVI, à lyre, en bois doré et finement sculpté, garnies de même étoffe.

Chaise longue et Tablette de cheminée, recouvertes de même.

Petite Table à ouvrage, style Louis XVI, en marqueterie à fleurs, garnie de bronze doré et ciselé.

Petite Table de nuit, style Louis XVI, en marqueterie à fleurs.

Tapis d'Aubusson.

TABLEAUX MODERNES

A. ACHENBACH

1 — Mer agitée, effet de soleil levant.

BRILLOUIN

2 — Le Libraire ambulant.

DAUBIGNY

3 — Paysage avec rochers et marais.

DESGOFFE (Blaise)

4 — Nature morte.

> Sur une table couverte de riches tapis d'Orient, sont posés : une statuette d'Antinoüs, une petite buire en agate orientale, un narghilé et divers objets d'art.
>
> Ce tableau, un des plus beaux du maître, a été fait pour M. B....i, qui a fourni les modèles de tapis et au'res objets d'art.
>
> Cette œuvre figurait à l'Exposition de 1865.

DE CURZON

5 — Vue de la nécropole d'Athènes.

HEILBUTH

6 — La Promenade du cardinal.

CH. JACQUE

7 — Moutons au pâturage.

E. ISABEY

8 — Le Départ pour la promenade.

LAURENS

9 — Constantinople, vue du Bosphore.

10 — Les anciens Murs de Constantinople, avec le Tombeau du sultan Amurat.

11 — Vue de Stamboul et de Sainte-Sophie.

12 — La Corne d'or.

> Ces quatre *Aquarelles* sont encadrées dans des bordures en marqueterie persane, d'un travail très-fin.

LOTTIER

13 — Vue d'Orient, effet de soleil couchant.

MAISIAT

14 — Bouquet de fleurs.

STRANYSKY

15 — Pifferari.

DE TOURNEMINE

16 — Environs de Smyrne, vue de mer.

---

17 et 18 — Sous ce numéro, deux Tableaux.

TABLEAUX ANCIENS

FRAGONARD

19 — Tête de Bacchante.

(Dessin.)

GREUZE (D'après)

20 — Tête de Jeune Fille.

21 — Pendant du précédent.

VALIN

23 — Tête de Bacchante.

24 — Pendant du précédent.

WATTEAU (D'après)

25 — La Danse.

26 — Le Concert.

ARMES ORIENTALES ANCIENNES

27 — Très-riche Fusil, avec ornements à jour en argent repoussé et garni sur toute sa longueur de pierres précieuses, rubis, émeraudes, turquoises, coraux. — La crosse recouverte en velours vert brodé d'or ; la batterie en fer est ornée de plaques filigranées.

28 — Très-belle Espingole en argent doré, avec ornements repoussés formant des reliefs ; canon richement damasquiné d'argent.

29 — Fusil en argent doré, avec ornements repoussés. — Riche canon en fer ciselé ; crosse garnie de velours brodé d'or.

30 — Fusil en argent, gravé et repoussé.

31 — Cartouchière en argent doré et gravé, avec sa chaîne.

32 — Une autre, en argent, ornée de coraux gravés, avec sa chaîne.

33 — Petit Poignard persan, poignée et lame en fer damasquiné d'or.

34 — Sabre turc, poignée en corne de rhinocéros, lame de Damas, damasquinée d'or ; riche fourreau en vermeil.

35 — Autre Sabre, poignée en rhinocéros, lame de Damas gravée et rehaussée d'or ; fourreau en peau de rhinocéros, monté en vermeil, finement gravé.

36 — Autre Sabre, très-belle lame en damas, gravée et damasquinée d'or sur toute sa longueur.

37 — Autre Sabre, poignée en rhinocéros, belle lame gravée et damasquinée d'or, fourreau en velours garni en vermeil gravé.

38 — Autre Sabre, poignée en écaille garnie d'argent doré, très-belle lame de Damas ; riche fourreau tout en vermeil gravé.

39 — Autre Sabre, poignée en vache marine, avec ornements en corail gravé, lame de Damas, damasquinée d'argent ; fourreau en argent repoussé et filigrané, avec répétition des ornements en corail.

40 — Couteau de chasse, poignée en vache marine et monture en argent doré, ornée de corail, lame de Damas.

41 — Poignard persan, poignée en vache marine, lame de Damas, damasquinée d'or.

42 — Poignard avec poignée et garniture de fourreau en argent doré et ciselé.

43 — Autre Poignard, lame de Damas, damasquinée d'or; poignée et fourreau tout en argent doré, avec croisillons de fleurs.

44 — Hache d'armes en fer gravé, manche en velours garni d'argent.

45 — Marteau d'armes en fer damasquiné d'argent; manche en velours garni d'argent.

46-47-48 — Trois Haches d'armes en fer gravé, damasquiné d'or, manches en velours orné d'argent doré.

49 — Lance tartare avec manche en bambou.

50 — Lance avec fer damasquiné d'or.

51 — Autre Lance, avec fer damasquiné d'or et d'argent.

52 — Un Drapeau en drap d'or, avec devise turque.

Objets orientaux.

53 — Brasero en cuivre niellé, travail oriental ancien.

54 — Un autre.   Id.   Id.

55 — Vase en cuivre étamé, avec dessins de figures et d'ornements, gravé et niellé.

56 — Un autre Vase, décor d'animaux.

57 — Cylindre en cuivre, avec ornements et caractères niellés.

58 — Boucle de ceinturon en argent doré, filigrané, orné de coraux et d'émaux.

59 — Narghilé en fer damasquiné d'argent.

60 — Paire de Ciseaux en fer damasquiné d'or.

61 — Coupe en argent repoussé.

62 — Brûle-parfums en cuivre damasquiné d'argent, orné de caractères et de personnages équestres.

63 — Riche Coffret, avec plaques en argent repoussé, orné de coraux sur toutes les faces.

64 — Tambour oriental, avec plaquettes en argent et marqueterie de nacre et d'ivoire

65 — Six petits Porte-tasses en cuivre doré.

66 — Six autres, émaillés.

67 — Six autres en argent filigrané, ornés de coraux.

68 — Console orientale en bois sculpté et doré, travail à jour.

69 — Deux Siéges orientaux en marqueterie de nacre et d'écaille, à damiers.

70 — Très-beau Coffret à tiroirs et à pieds en marqueterie d'ivoire, de nacre et d'écaille.

71 — Grande Étagère en bois sculpté et doré, avec peintures de fleurs.

72 — Porte-armes oriental, richement brodé avec imitations de pierreries.

OBJETS D'ART ET DE CURIOSITÉ

73 — Ancienne Pendule anglaise en écaille, garnie de bronze doré, découpé à jour et finement ciselé. — Trois cadrans sur fond d'argent émaillé de fleurs bleues et vertes. — Le mouvement est signé : *Markwich, Markham, Périgal, London.*

> Cette pendule remarquable a été autrefois donnée par un roi d'Angleterre au Sultan.

74 — Lampe en bronze doré avec émaux, de Barbedienne.

75 — Statuette en albâtre ancien, représentant Antinoüs, sur socle en marbre rose.

> Cette petite statuette est celle qui est reproduite dans le tableau de Desgoffe, catalogué plus haut.

76 — Petit Buste en marbre de Marie-Antoinette.

77 — Porte-montre Louis XVI, en bois sculpté et doré, fleurs et attributs.

78 — Cadre contenant un petit Médaillon d'Homère, en ivoire, et des reproductions de camées en stéarine.

79 — Un Service à thé, décoré d'oiseaux, animaux, attributs et arabesques, en or et couleurs variées, en porcelaine de Sèvres, provenant du château de Fontainebleau, et aux armes du roi Louis Philippe, composé de douze tasses, théière, sucrier et pot à crème.

80 — Un Service à bouillon, même porcelaine, même décor et même provenance, composé de six tasses à bouillon et un pot.

81 — Un Déjeuner, composé de six assiettes creuses, dix-huit assiettes plates, un compotier, un saladier et deux écuelles à anses avec leurs plateaux, même porcelaine, même décor et même provenance.

82 — Petit Plateau à jour, décoré d'un sujet d'après Téniers, en porcelaine d'Allemagne, portant la marque : A. R.

83 — Cafetière avec son couvercle en porcelaine d'Allemagne.

84 — Petit Brûle-parfums, forme pyramide, en porcelaine de Saxe, avec décor de fleurs en relief.

85 — Cinq petites Tasses en porcelaine du Japon.

86 — Cinq petites Tasses en porcelaine de Vienne.

87 — Petite Tasse en poterie étrusque ancienne.

88 — Petite Bouteille en porcelaine de Chine, rouge, avec dessins de fleurs, monture en argent.

89 — Six Cuillers en écaille, vache marine, rhinocéros, ambre et corail.

90 — Plat en bronze argenté, moderne, représentant un sujet allégorique.

91 — Main en ivoire, avec manche en velours.

92 — Une petite Chaise Louis XVI, en bois doré et sculpté, ayant appartenu à Marie-Antoinette, recouverte en étoffe lamée d'argent, avec fleurs en relief en velours découpé.

TAPIS ET ÉTOFFES ANCIENS

93 — Grand Rideau en ancienne étoffe vénitienne du XVIᵉ siècle, piquée et brodée d'or et de soie de couleurs diverses, décor de fleurs.

94 — Magnifique Tapis de Perse ancien, provenant du harem impérial de Constantinople, avec décor de fleurs et d'animaux brodés d'or et d'argent, en réserve ; au centre, une bande noire couverte de caractères orientaux.

95 — Un autre Tapis, même style et même provenance.

96 — Un autre Tapis. id. id.

97 — Très-ancien Tapis oriental, fond de velours rouge, avec broderies d'or et d'argent et ornements d'étoffes variées, piquées à l'aiguille et formant des bouquets de fleurs et des arabesques.

98 — Cinq mètres de drap d'or de Perse, avec palmes brodées en soie de couleurs diverses.

99 — Un Divan turc recouvert en mosaïque d'étoffes, appliquées à la main.

100-101-102-103 — Quatre Coussins en cachemire des Indes.

104-105 — Deux Coussins en cachemire avec broderies représentant des figures chinoises et des caractères orientaux.

106-107 — Deux Coussins en soie rouge, richement brodés d'or.

108 — Coussin en soie verte avec riche broderie d'or.

109 — Grand Coussin en soie rouge, avec broderies de soie et d'or.

110-111 — Deux Coussins en drap rouge, brodés en soie.

LIVRES

Environ **400** volumes ouvrages modernes; belles éditions, riches reliures; parmi lesquels environ 60 volumes d'ouvrages grecs, latins et anglais. — Quelques curieux ouvrages anciens. — Le temps ne nous ayant pas permis de faire un catalogue spécial des livres, nous indiquons seulement ici les principaux ouvrages.

112 — **Le Livre d'Heures d'Anne de Bretagne**. par l'abbé Delaunay, *édition Curmer*, sur vélin, avec riches illustrations.

113 — **L'Imitation de Jésus-Christ**, sur vélin, avec illustrations, *édition Curmer*.

114 — **Moyen âge et Renaissance**, par P. Lacroix et F. Serré, avec nombreuses et riches planches coloriés (5 vol.).

115 — **Masques et Bouffons**, par Maurice Sand, avec illustrations.

116 — **Plusieurs Descriptions des accoustrements, tant des magistrats** de la Porte de l'Empereur des Turcs, que des peuples assujétis à son empire.

117 — Buchon. Recherches historiques sur la principauté française de la Morée (4 vol.).

118 — **De l'Usage des Statues chez les anciens**.

119 — A. de Musset. Poésies nouvelles, reliure très-riche (2 vol).

120 — Jules Janin. Rachel et la Tragédie.

121 — Granier de Cassagnac. Histoire des Girondins (2 v.).

122 — Beulé. OEuvres diverses.

123 — Guizot. OEuvres diverses (5 vol.).

124 — Batissier. L'Art monumental.

125 — Mme du Deffand. Correspondance inédite.

126 — V. Cousin. OEuvres diverses (8 vol.).

127 — Villemain. OEuvres diverses (10 vol.).

128 — Gazette des Beaux-Arts (15 vol.).

129 — Géographie de Strabon (5 vol.)

130 — Destourmel. Journal d'un Voyage en Orient.

131 — Viollet le Duc. Ancien Théâtre Français (9 vol.).

132 — Cours de littérature dramatique (6 vol.).

133 — Prince de Ligne. Mémoires et Mélanges (5 vol.).

134 — Clara Gazul. Théâtre.

135 — **Daphnis et Chloé**, édition du Régent, avec gravures.

136 — Dézobry. Rome au siècle d'Auguste (4 vol.).

137 — De Martens. Droit des gens modernes de l'Europe (2 vol.).

138 — Corneille. OEuvres complètes (12 vol.).

139 — Delaborde. Athènes aux xve, xvie et xviie siècles. (2 vol.).

140 — Reinaud. Monuments musulmans, du cabinet de M. le duc de Blacas (2 vol.).

141 — De Mas Latrie. Histoire de l'île de Chypre.

142 — Le Normand. Recherches archéologiques à Eleusis.

143 — Mignet. OEuvres diverses (8 vol.).

144 — Ampère. La Grèce, Rome et Dante.

145 —   Id.   Promenade en Amérique (2 vol.).

146 — Michelet. Richelieu et la Fronde.

147 — Tocqueville. Correspondance inédite (2 vol.).

148 — Maury. Religion de la Grèce antique (3 vol.).

149 — De Broglie. L'Église et l'Empire romain, au ive siècle (4 vol.).

150 — Poujoulat. Histoire de Constantinople (2 vol.),

151 — Nicolaidy. Les Turcs et la Turquie (2 vol.).

152 — H. de Luynes. Numismatique et Inscriptions cypriotes.

153 — Bröensted. Voyage dans la Grèce.

154 — Capo d'Istria. Correspondance (4 vol.).

155 — Rich. — Dictionnaire des Antiquités grecques et romaines.

156 — Pertusier. Promenades dans Constantinople (3 vol. et un atlas).

157 — Sous ce numéro, un grand nombre de beaux ouvrages français, richement reliés.

158 — Ouvrages grecs, belle reliure.

159 — Ouvrages latins,   id.

160 — Ouvrages anglais,   id.

Renou et Maulde, imprimeurs de la Compagnie des Commissaires-Priseurs, rue de Rivoli, 144.   50741